L'ENFER

DE L'ADVOCAT

DE MONTAVBAN.

A tous les Parlemens de France.

A vous tuteurs des Roys, Oracles de Themis,
Inflexibles Senats, l'effroy des ennemis,
Pour mon Prince offencé ie demande vengeance
Contre le plus meschant qui soit en l'Vniuers,
Qui fuyant les esclairs des Iuges de la France
N'eschapera iamais le foudre de mes vers.

M. D. C. XXII.

L'ENFER

DE L'ADVOCAT
de Montauban.

MVse fouëtte tes flancs pour r'éueiller ta rage,
Damne , condamne tout, tonne , estonne,
saccage,
Mon encre soit de sang, & ma plume de fer,
Que i'horrible en ces vers vn formidable enfer,
Pour y plonger viuant le plus abominable
Qui soit dessouz les Cieux, vn rebelle execrable,
Vn perfide vassal qui déchire en ses vers
L'honneur du plus grand Roy qui soit en l'Vniuers.

De mon braue LOVYS, l'Ame de la vaillance,
L'Alcide acrauanteur des monstres de la France,
Le portraict racourcy des Roys plus accomplys,
La terreur des mutins, l'honneur des fleurs de Lys,
Les delices du Ciel, les Amours de la terre,
L'Oliue de la paix, le foudre de la guerre,
L'Arc-boutant de la Foy, l'espoir des bons François,
Le grand restaurateur de l'Eglise & des Loys,
Et le plus iuste Roy qui iamais porta Sceptre.

ô grand Dieu que fait donc ta iusticiere dextre
Oysiue dans ton sein, pourquoy n'abismes-tu
Cet ennemy iuré de la mesme vertu?
Tu ne serois iamais mieux employer ton foudre
Qu'a broyer cet ingrat & le reduire en poudre,
Soleil, ne luy fay plus ta lumiere sentir,
Terre, creue tes flancs afin de l'engloutir,
Pleuue l'air dessus luy les esclairs & les souffres,
Tombe le feu du Ciel, ouure l'Enfer ses gouffres,
Que la Mer se desborde afin de l'abismer,
Bref, ô Enfer, Soleil, air, feu, Ciel, terre, Mer,
Bourrelle, offusque, tuë, embraze, engouffre, abisme
Ce desloyal subjet, dont l'effroyable crime
Fait dresser les cheueux à ceux qui vrays François,
Portent au cœur graué le saint nom de nos Roys.

France, aurois-tu porté ce serpent dans ton ventre?
Non, ce monstre est sorty du Plutonique centre,
C'est l'Ante-christ conçeu au sein de Luci fer
Du sale accouplement d'vne rage d'enfer,
Le venim d'Alecton, l'escume de Cerbere,
Ou bien, quand distilloit au giron de Megere
Le sang de Rauaillac: vn Incube (ie croy)
En incarna ce Diable ennemy de mon Roy,
Le couteau du premier au Pere osta vie,
La plume du second auiourd'hui par enuie

Veut arracher du fils & la vie & l'honneur,
Honneur, le diamant, la gloire , la splendeur,
L'aigrette, le pennache, & le brillant des Princes.

Pourrez vous donc souffrir Catholiques Prouinces
Diffamer voſtre Roy? vn thraiſtre iniurieux
L'appelle en ſes eſcrits, Double, Fallacieux,
Infidele, Tiran, Trópeur & Sanguinaire!
Brullez, briſez, broyez, boüillez ce temeraire,
Pour ſon crime il n'eſt point d'aſſez griefs tourments,
Iuges, les Dieux du monde, Auguſtes Parlements,
Splendides Magiſtras, ces horreurs nompareilles
N'ont encores frappé vos prudentes oreilles,
Ces relantes vapeurs n'ont monté iuſqu'à vous,
Ces blaſphemes ſecrets pullulant parmy nous
N'ont encor approché de vos pourpres Royalles,
Vous aymez trop mon Roy, & vos ames loyalles
Ne ſouffriront iamais que ces vaſſaux ingrats
Deshonorent le chef dont vous eſtes le bras,
Vous eſtes le bras droit de cette Monarchie,
Mais, mon Prince eſt le cœur qui vous donne la vie,
Le chef qui vous anime, & l'Aſtre des honneurs
De qui vous empruntez vos plus viues ſpendeurs.

Mais, ie reuiens à toy Rimeur à la douzaine,
De quel bourbier iaillit ta ſacrilege veine?

6

Quel enragé Demon possede tes esprits?
Iamais d'vn feu Diuin ton cœur ne fut épris,
Ton vers ne coule point de ces sources limpides
Qui tombent du sommet des Rochers Pegazides,
Ton Pegaze est le Stix, ton Phœbus vn bourreau,
Ta Muse vne fureur, ton Laurier vn cordeau,
Mont-faucon ton Parnasse, ou les chiens de voirie
Rongeront carnaciers ta charongne pourrie,
Ou croßants corbeaux tes objeques diront
Et ton ame mauditte aux Enfers conduiront.

Lors que tu affilois ta langue serpentine
Pour blesser en ton Roy la Majesté Diuine,
Et que tu vomissois tes blasphémes peruers:
Craignois-tu point qu'vn iour le Roy de l'Vniuers
Voyant sa viue Image icy bas outragée
Du mordicant prurit de ta verue enragée
N'escarboüillât ton chef d'vn tonnerre grondant?
Où qu'vn docte escriuain, mieux que toy s'entendant
Aux Concers mesurez dont les neuf Pimpleades
Font Pinde rezonner durant leurs serenades.
Ne te fit repentir de ta temerité?
Tremble infame poltron, heretique effronté,
Qu'il t'aduienne lisant ce furieux yambe
Ce que jadis aduint au malheureux Lycambe
Qui les vers d'Archiloq ayant leu, se pendit;
Pens-toy desesperé, que le iour soit maudit

Qui t'a iamais veu naistre, & maudite la mere
Qui porta dans ses flancs vn si cruel vipere.

Que t'a fait ce bon Roy, dénaturé François?
Que trouues-tu d'iniuste en ses Royalles loix?
S'il veut que tout son peuple à luy seul obeisse,
S'il ne peut voir sa France ainsi que la Suisse
Par cantons diuisée, a t'il pas bien raison?
Vn chacun ce me semble est maistre en sa maison.

Mais, ces crapaux enflez, ces enfans du tonnerre,
Quels pretextes ont ils de luy faire la guerre?
Et pourquoy tant de fois auant ces remuëments
Se sont-ils assemblez sans ses commandements?
Ont-ils éleu des chefs fortifié ses villes?
Baillé Commissions, & fait actes hostiles?

Alexandre le grand disoit que deux pareils
Ne se pouuoyent souffrir non plus que deux Soleils,
Et qu'vn Roy suffisoit pour gouuerner le monde
Comme pour lesclairer suffit la torche blonde
De l'vnique Apollon: cependant mon grand Roy
Capable de regir cent peuples souz sa Loy,
Permettra ses vassaux partager son Royaume!
Ce ne fut pas l'aduis du bon maistre Guillaume.
Quand monsieur son Amy, la perle des Guerriers
[Pour qui France iamais n'eût assez de lauriers]

Permit pour quelque cause à luy seul reseruée
Cantonner l'heretique, & donna main leuée
A ces pestes d'Estat, qui temerairement
Se disoient les degrez de son auancement,
Les nerfs de sa fortune, & que leur force extresme
Luy mettoit sur le front le Royal Diadesme,

Incomparable orgueil, grossiere absurdité!
Non, non le Roy des Roys, qui à sa volonté
Gouuerne Souuerain tous les sceptres du monde,
Qui balotte en ses mains comme vne boule ronde
L'Empire des mortels, & dont les propres doigts
Seuls ourdissent la vie & les destins des Rois,
Faché qu'vn si grand Roy, vn si braue courage
Croûpissoit si longtemps dans le libertinage,
Afin d'illuminer les yeux de sa raison,
Et pour le deliurer de ceste orde prison,
Enflama tout soudain sa guerriere poictrine
Du feu inspiratif de la grace diuine,
Lors quittant l'heresie & ses trompeurs appas,
L'Eglise le reçoit, France luy tend les bras,
L'on croize les fleurets, Villes & places fortes
Chantent VIVE LE ROY, & luy ouurēt les portes,
Ainsi n'y eût iamais que sa conuersion
Qui conduit ce grand œuure a sa perfection.

Bien loing d'estre obligé a ces demoniacles

Ils ont esté dix ans les malheureux obstacles
Opposez a sa gloire, & sans ces obstinez
Il eust dix ans plutost les François gouuernez.

O Manes qui gisez dans ce royal sepulchre,
Grand Roy qui n'eus iamais que l'honneur pour ton
    lucre,
Ton ame, dans le Ciel maintenant peut bien voir
(Puis qu'ò void tout en Dieu côme en vn beau miroir)
Combien le Caluiniste infernale furie
Faict pleuuoir de malheurs sur ta chere patrie,
Combien nous vient de maux pour auoir en ton sein
Trop tendrement nourry ce serpent inhumain.

De ce qu'il t'a presté nous payons bien la somme,
Ce ver que tu laissas dans le cœur de la pomme
La ronge maintenant, ces ieunes louueteaux
Tes entrailles voudròient deschirer a morceaux,
Ce feu que tu permis si loin iadis s'epandre
Veut mettre tes enfans & ton Empire en cendre,
Ce venim a desia rauagé tout le corps,
Ces geants terre-nez nourris dans les discords
Sentent des-ia si haut leurs masses paruenuës:
Que s'ils ne sont bien tost assommez dans les nuës
De leur ambition, oú si le bras de Dieu
(Seule clef de la voûte, & l'immobile essieu
Sur qui roule des Rois les fortunes sublimes)
Ne faict a ces mutins mesurer les abismes:

                              B

Nous seruirons bien tost de proye a l'estranger.

Sacrée Majesté destourne ce danger,
Mon Hercule, mon Mars mon Ajax, mon Pélée,
Ceste affreuse harpie a tes pieds soit foulée,
C'est de toy que la France implore son secours,
L'heretique blafard qui explique a rebours
La parole de Dieu & qui en sa maniere
L'allonge & l'accourcit a mode d'estriuiere,
Qui la met a la gehenne & l'accuse de faux,
Qui prophane s'en sert de selle a tous cheuaux,
Qui la tire a cheueux, qui l'habille en sa guise,
Bref, qui veut effronté l'Escriture & l'Eglise
Regler sur le compas de son esprit tortu:
Feignant de courtiser la morale vertu
Afin d'attirer mieux les simples a la trape:
Boule-uerse la Foy, met l'Eglise a la sape,
Fait sauter les Autels, poüe les saincts lieux,
Vierges, Prestres corrompt, secoüe imperieux
Les plus vieux fondement des Estats Monarchiques,
Embraze les Citez, subuertit Republiques,
Seme guerres, discords, caballes, factions,
Ligues, & attentats, mille Religions
Introduit pour la vraye, en noueautez abonde,
Et tout difforme veut reformer tout le monde,
Regner quoy qu'il en soit, preferant Apostat,
Aux preceptes de Dieu les maximes d'Estat.

De là, eſt la grand’ porte ouuerte a l’atheiſme,
De là, l’impieté, l’inſolence, le ſciſme,
Le luxe, le débord, l’abrogemēt des loix,
Le rabais de Iuſtice, & le mépris des Roix:
Voyla les béaux exploicts de ces ames caphardes,
Et les fruicts venimeux de cęs plantes baſtardes,

Mais ic te pry’dy moy bel Aduocat de foin,
(Car la ſaincte Themis n’a iamais eu le ſoin
D’vne ame ſi peruerſe, vne louue cruelle
Te donna dans les bois ſa ſanglante mamelle)
Dy moy, dis-ie, impudent qui cause tes clameurs?
Qui iette en ton eſprit ces paniques terreurs?
Qui t’a enſorcelé quelle ardeur maniaque
Detraque ta raiſon hors de ſon zodiaque?
Tu as peur de ton ombre, & tu crains que rendant
Les villes que tu tiens, les noſtres épandant
Ton ſang ſur les gazons: d’vne main vainquereſſe
Par force ou par amour te trainent a la Meſſe.

Mais regarde inſenſé nos villes, oú les tiens
Ne ſont pas les plus forts, diras-tu qu’en leurs biens,
Corps, familles, honneurs, ils ſouffrent de l’eſclandre?
Si quelques auollez ont ozé entreprendre
De troubler leur repos, auſſi toſt n’ont-ils pas
Veu fondre ſur leurs chefs la main des Magiſtrats,
Et ces perturbateurs qui s’ingeroyent de faire
La moiſſon auant l’Aouſt; ſouffrir mort exemplaire?

Le temps fera venir toute chose a son poinct,
Auant les raisins meurs vandanger ne faut point,
Puis ia trop de pays rauage ceste Laye
Il est bien mal aysé de iarcler ceste yuraye
Sans arracher le bled : mais de Dieu Souuerain,
Le bras la peut confondre a moins d'vn tourne-main,
L'heresie a son terme, & ses superbes cornes
S'écraseront au choc de ses fatales bornes,
Ia foible elle chancelle & tremblante voit-on
Cette vieille Baucis n'aller plus qu'au baston,
Ne nager que d'vn bras, ne battre que d'vne aisle,
Tousiours au quart, au guet, soubçonneuse en ceruelle,
Qui ne sçait plus voyant son declin approcher]
De quel bois faire flèche, ou de quel pied clocher.

Le mal est en sa crise, & les Anges supresmes
Ne sçauroyent plus souffrir ces horribles blasphemes,
L'air en iette des pleurs, les Cieux en ont horreur,
La terre n'en peut plus souffrir la puanteur,
Que fera t'elle donc si le Ciel & la terre
Se bandent auiourd'huy pour luy faire la guerre?

Toutes-fois il ne faut Catholiques François
Courir sus a ce monstre & le mettre aux abbois,
C'est dequoy ie vous veux aduertir dans ces carmes,
Ie parle pour ceux-là qui n'ont leué les armes
Contre sa Maiesté [bien que traistres pourtant
Les rebelles souz-main vont encor asistant]

Laissons les commencer, ou plutost a mains jointes
Importunons le Ciel de charitables plaintes,
Prions Dieu que bien tost il les vueille inspirer,
Qu'il ne permette plus son sainct nom deschirer
Par ces mal-aduisez, afin qu'en cet Empire
Chacun d'vn mesme cœur vn mesme Dieu respire,
Que la France n'ayt plus qu'vne Foy, qu'vne Loy,
Qu'vn Baptesme, qu'vn Dieu, qu'vne Eglise, qu'vn
        Roy,
Et que tous reünis dans nos temples antiques
Nous facions iusqu'au Ciel retentir nos Cantiques,
Ou, si ces furieux foulent sa grace aux pieds;
Qu'ils soyent en vn clin d'œil d'vn foudre estropiez,
Le Ciel vengeur se fende & de rouges tempestes
Creue soudain ce hydre aux renaissantes testes.

    Mais les seditieux qui se sont sousleuez,
    Qui veulent obliger a leurs conseils priuez
    Des Monarques François la puissance absoluë,
    Qui ozent [tant l'orgueil leur a bandé la veuë]
Appeller Dieu fauteur de leurs rebellions:
Ce sont ceux-là mon Roy qu'il faut a milions
Terrasser a tes pieds, fay leur mordre la terre,
Que ces chiens enragez qui te liurent la guerre
Redoutent a iamais l'aigreur de ton courroux,
Se trainent sur le ventre, & tous nuds, a genoux,
Les yeux cauez de pleurs, ces ames desloyalles
Viennent tost implorer tes clemences royalles,

Et t'apportant les clefs des villes deformais
Que ces Cameleons ny commandent iamais,
Ces renards de Sanson cerchent d'autres tafnieres,
Et qu'hafardant leur vie aux ondes marinieres
Au de là du Iapon a iamais reléguez,
Traittent comme ils voudront les pays fubiuguez
Que s'ils ofent heurter ta belliqueufe armée,
Et qu'au prix de fon fang ta nobleffe animée
Les furmonte de force, il les faut fans mercy
Enuoyer aux cachots du Royaume noircy
Que de ces reuoltez le fang par tout ruiffelle,
Qu'il ne refte fus pieds nulle ville infidele,
Qu'on die a l'aduenir, apres l'arriere-ban,
Icy fut la Rochelle, & là fut Montauban.

Que le coutre a iamais les guerets en défriche,
Ouy, Monarque il te faut monftrer vn peu plus chiche
De ta grande Clemence enuers ces vagabonds,
Eftât bon aux mefchants, l'on eft mefchant aux bons,
Car l'extrefme Vertu en vice dégénere,
La Clemencé eft aux Rois la Lune qui tempere
Les troubles de l'efprit, il eft vray: mais pourtant,
Comme le Temps n'eft rien qu'vn impartible inftant
Les parfaites Vertus ont vn poinct d'excellence
Qu'ils ne peuuent iamais exceder, fans offense
De Lur integrité il faut eftre Clement,
Mais Iuftice imployable en tout gouuernement
Veut tenir le haut bout, eft-il pas vray, ô SIRE

Que si tu n'eusses point espargné en ton ire
Les rebelles vaincus de S. Iean d'Angely,
Clerac n'eût point tenu, Montauban eût palÿ
A l'effroyable abbord de tes royales armes,
Soubize n'auroit point ietté de ses gens-darmes
Iusqu'aux faux-bourgs de Nante, & ja les Rochelois
Peut-estre se seroyent enrollez souz tes loix.

Sur tout, que la pitié de nos peines nombreuses
A iamais ne t'oblige a des clauses honteuses,
A vne infame Paix, que iamais tel affront
Le traistre ne nous puisse imprimer sur le front,
Nous n'auons rien plus cher que ta gloire, mon braue,
Le François aime mieux se voir tousiours esclaue
Et de cent coups mortels l'estomach trauersé
Que ton los tant soit peu y soit interessé,
Les siecles a venir que diroyent-ils mon Prince?
Que la lie & le son d'vne ingratte Prouince
T'auroit donné la Loy, & apres tant d'assaux
Contraint de demander la Paix à tes vassaux.

C'est dommage grand Roy que ce peuple superbe
Ne fut victorieux, il feroit croistre l'herbe
Aux marchez populeux de nos riches Citez,
Bien tost seroit la France en feu de tous costez,
Les oyseaux se paistroyent de nos chairs massacrées,
Les riuieres de sang regorgeroyent pourprées,
Il faudroit inuenter des supplices nouueaux,

Euocquer des Enfers les plus rudes bourreaux,
Adieu la Monarchie, & ta guerriere dextre
Pourroit bien conquester ailleurs vn autre sceptre,
La France n'auroit tant de temples que de loix,
De testes que d'auis, de villes que de Roix.

Ie ne veux pour tesmoins que les places rebelles,
Ou de ces vipereaux les vengeances cruelles
Feroyent trembler d'horreur les demons furieux,
Le Catholique a peine oze y leuer les yeux,
L'Hebreu ne fut iamais tant esclaue en Egypte,
Le Nomade, le Turc, le Gelon, & le Scithe
Ne sont point si cruels, & puis ces Lestrigons
Se disent reformez? ô tigres! ô dragons!
Helas combien de fois vos sanglantes furies
De nos temples sacrez ont fait des boucheries,
Le sang y fume encor, & sans verser des pleurs,
Ie n'en peux dans ces vers exprimer les malheurs,
Malheurs qui par le temps s'oubli'royent en nos ames,
Si vous n'en r'alumiez les homicides flames.

Quoy? secoüer le ioug des Monarques puissans,
Mesurer vostre Foy à l'aune de vos sens,
Vous donner tout en proye aux charnelles delices,
Violer nos tombeaux, dérober nos calices,
Fouler l'hostie aux pieds, enfoncer inhumains
Au sang des innocents vos fratricides mains
Et médire des Roys d'vne rage animée

Appelez

Appellez vous cela Eglise Reformée?

Vous nous reprocherez la sainct Barthelemy,
Mais, ce brazier ne fut allumé qu'a demy,
C'estoit lors que deuoit & que pouuoit la France
Exterminer ce monstre au poinct de sa naissance,
Ce feu deuoit s'esteindre auant qu'il fut plus grand,
Par trop flater la playe incurable on la rend,
La moisson, dira-t'on n'estoit pas encor meure,
Si falloit-il ce chancre amputer de bonne heure,
Il n'auroit pas gaigné les membres principaux.

Mais tu n'es pas encor au bout de tes trauaux
Aduocat endiablé, sus bourrelles furies
Redoublez vos horreurs & vos forceneries,
Muse, retire toy, tes discours sont trop doux
Pour bastir vn Enfer: Rages où estes vous?
Empoignez ce meschant de vos rouges tenailles,
Arrachez luy les yeux, deuorez ses entrailles,
Tronçonnez luy la langue en cent morceaux espars,
Faites luy ruisseler le sang de toutes parts,
Qu'engouffré dans le souffre, ensouffré dás le gouffre,
Seul de tous les damnez les supplices il souffre,
Et qu'à iamais maudit: son crime detesté
Semble prodigieux à la posterité.

Toutesfois seroit bon pour retenir en crainte
Toute ame qui seroit de ce venim atteinte

C

Et pour seruir d'exemple a tels seditieux:
Qu'au monde il commençat son Enfer furieux.

Sus donc à ce felon Iuges incorruptibles
Des horribles tourments pour ses crimes horribles,
Soit escorché tout vif, soit trainé sur la clef,
Qu'on luy brise les os, qu'on luy stambe le chef,
Qu'on luy couppe la main dont il tenoit sa plume,
Qu'on le tire a cheuaux, qu'vn grand feu l'on allume
Pour son procez & luy en cendre consommer,
Et pour le souuenir a iamais abismer
D'vn attentat si grand, la cendre au vent iettée
Soit par quelque Demon aux enfers emportée.

F I N.

EPYTAPHE

Pour l'Aduocat de Montauban, & autres
médisants de sa Cabale.

CEs Corbeaux nourris au carnage
 Fondent sur l'honneur de mon Roy,
Ces chiens mastins saisis de rage
Mordent les pillers de la Foy,
Ces loups d'vne gueulle affamée
Vont déchirant la renommée
Des Princes dedans les tombeaux:
Faut-il donc pas que les entrailles
Des loups, des chiens, & des corbeaux
Soyent les tombeaux de ces canailles?

www.ingramcontent.com/pod-product-compliance
Lightning Source LLC
Chambersburg PA
CBHW061510170626
46811CB00004B/1687